YR ANRHEGION PEN BLWYDD

GEIRIAU GAN PAUL STEWART
LLUNIAU GAN CHRIS RIDDELL

Addasiad Dylan Williams

CYMDEITHAS LYFRAU CEREDIGION Gyf.

‘Draenog,’ meddai Cwningen. ‘Pryd mae dy ben blwydd di?’
‘Wn i ddim,’ atebodd Draenog.
Ochneidiodd Cwningen. ‘Wn innau ddim, chwaith.’

‘Wel,’ meddai Draenog, ‘go brin y byddet ti’n gwybod pryd mae ’mhen blwydd i, os na wn i pryd mae o.’
‘Yr hyn ro’n i’n ei olygu,’ meddai Cwningen, ‘oedd na wn i pryd mae ’mhen blwydd *i*.’
‘O, felly,’ meddai Draenog.

Ac wrth i’r haul fachlud y tu hwnt i’r coed, dyna drist oedd Cwningen a Draenog wrth feddwl am yr holl bennau blwydd na fyddent byth yn eu cael.

‘Mae gen i syniad,’ meddai Draenog. ‘Beth am inni ddathlu ein pennau blwydd yfory?’

‘Ond hwyrach nad yfory maen nhw,’ meddai Cwningen.

‘Ond hwyrach mai yfory maen nhw,’ meddai Draenog. ‘Byddai’n drueni peidio dathlu os mai yfory ydi’r diwrnod.’

‘Rwyt ti yn llygad dy le,’ meddai Cwningen. ‘Mae hwnna’n syniad da. Yfory, fe ddymunwn ni Ben Blwydd Hapus i’n gilydd.’

‘Mi rown ni anrhegion i’n gilydd,’ meddai Draenog.

‘Anrhegion?’ holodd Cwningen gan agor ei geg led y pen.

‘Anrhegion pen blwydd,’ atebodd Draenog. ‘Dyna pam mae pennau blwydd i’w cael.’

Yn hwyrach y noson honno, wrth i Draenog ffroeni am falwod yng ngolau arian y lleuad tew, pendronodd pa anrheg y gallai ei rhoi i'w gyfaill.

Meddyliodd Draenog am dan-y-ddaear lle cysgai Cwningen yn drwm.
'Rhaid bod y lle'n dawel a digysur a llaith. Ac mor dywyll!'

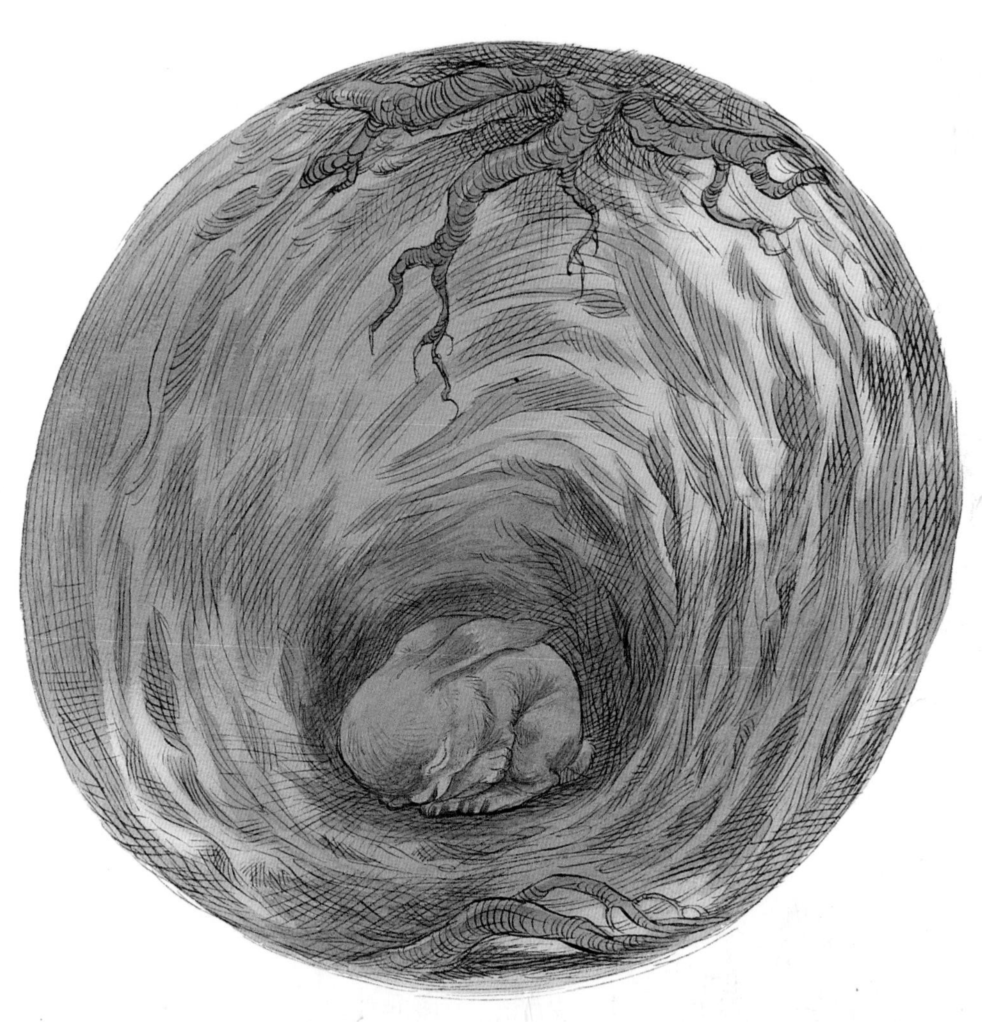

Sgleiniai potel wag ar lan y llyn.
Edrychodd Draenog ar y botel.
Edrychodd Draenog ar olau'r lleuad ar y dŵr.
'Yr union beth!' llefodd.

Llenwodd Draenog y botel â'r dŵr disglair.

'Potel o olau'r lleuad fydd fy anrheg i,' meddai. Yna lapiodd yr anrheg yn ofalus ac aeth i'w wely.

Deffrodd Cwningen yn gynnar ac yn llawer rhy llawn o gyffro i feddwl am fynd yn ôl i gysgu. Pendronodd. 'Pa anrheg dylwn i ei rhoi i Draenog?'

Meddyliodd Cwningen am ei gyfaill
yn cysgu fyny-fan'na yn y llydan-agored.
'Rhaid bod y lle'n swnllyd ac yn llawn dychryn.
Ac mor llachar!'

Yng nghornel ei wâl,
sylwodd ar ei dun defnyddiol.
'Yr union beth!' llefodd.

Llenwodd Cwningen y tun â thywyllwch cysur-cynnes, a threfnodd y cyfan yn dynn ac yn dwt â'i bawen. 'Bocs o gysur cysgu,' meddai.

Gwasgodd y caead i'w le,

a lapio'r tun yn ofalus â gwellt. 'Bydd Draenog wrth ei fodd â'r anrheg hon.'

Daeth min nos, a daeth y ddau gyfaill at ei gilydd.
'Cwningen!' llefodd Draenog. 'Pen Blwydd Hapus i ti!'
'Draenog!' llefodd Cwningen. 'Pen Blwydd Hapus i *ti*!'

‘Dyma dy anrheg,’ meddai Draenog.
Rhwygodd Cwningen y ddeilen lapio.
‘Potel o olau’r lleuad,’ meddai Draenog,
‘fel na fydd arnat ti byth eto ofn y rhy-rhy
dywyll yn dy dwll.’

‘Ond does dim ...’
Tawodd Cwningen.
‘Diolch,’ meddai. ‘Mae’n anrheg hyfryd tu hwnt.’

‘A dyma dy anrheg di,’ meddai Cwningen. Rhwygodd Draenog y gwellt lapio.

‘Bocs o gysur cysgu,’ meddai Cwningen, ‘fel na chei di byth eto dy darfu gan yr hen ddydd llachar, swnllyd ’na.’

‘Ond dyw’r …’
Tawodd Draenog.
‘Dyma’r union beth oedd ei angen arna i,’ meddai.

Yng nghanol y nos dywyll, deffrodd Cwningen ac edrych ar ei anrheg.
'Draenog druan,' ochneidiodd. 'Potel o olau'r lleuad, wir!'
Tynnodd y corcyn ac yfodd y dŵr.
'Fe alla i ei llenwi â dŵr bob dydd,' meddai Cwningen. 'Ac wedyn fydda i byth yn sychedig eto os deffra i yn y nos!'

Ar ddiwedd y noson hir, siffrydus,
sylwodd Draenog ar ei anrheg.
'Cwningen druan,' ochneidiodd yn gysglyd.
'Bocs o gysur cysgu, wir!'
Agorodd Draenog y bocs ac edrych i mewn.
'Mae'n dal malwod!' llefodd. 'Fydda i byth
yn llwglyd eto os deffra i yn ystod y dydd!'

Y noson honno daeth Draenog o hyd i Cwningen ar lan y llyn.

'Wyt ti'n hoffi dy botel o olau?' holodd.

'Ydw, wir,' atebodd Cwningen. 'Dyna'r anrheg orau ges i erioed. Wyt ti'n hoffi dy focs cysur cysgu?'

'Ydw, wir,' atebodd Draenog. 'Dyna'r anrheg orau ges *i* erioed.'

Yng nghwmni ei gilydd, gwyliodd y ddau gyfaill yr haul yn troi o fod yn felyn i goch.

'Draenog,' meddai Cwningen gan rwbio'i lygaid.
'Pryd gawn ni ben blwydd arall?'
'Yn fuan,' atebodd Draenog. 'Yn fuan iawn.'